S0-ACW-059

Las plantas

Las raíces

Patricia Whitehouse

OFFICIALLY WITHDRAWN FROM
NORTH CENTRAL REGIONAL
LIBRARY COLLECTION

NORTH CENTRAL REGIONAL LIBRARY
Headquarters Wenatchee WA

www.heinemannraintree.com
Visit our website to find out more information about Heinemann-Raintree books.

To order:

☎ Phone 888-454-2279
💻 Visit www.heinemannraintree.com to browse our catalog and order online.

©2011 Heinemann Library
an imprint of Capstone Global Library, LLC
Chicago, Illinois

All rights reserved. No part of this publication may be reproduced or transmitted in any form or by any means, electronic or mechanical, including photocopying, recording, taping, or any information storage and retrieval system, without permission in writing from the publisher.

Edited by Adrian Vigliano and Harriet Milles
Designed by Joanna Hinton Malivoire
Picture research by Elizabeth Alexander
Originated by Heinemann Library
Printed in China by South China Printing Company Ltd.
Translation into Spanish by DoubleOPublishing Services

13 12 11 10
10 9 8 7 6 5 4 3 2 1

Library of Congress Cataloging-in-Publication Data
Whitehouse, Patricia, 1958-
[Roots. Spanish]
Las raíces / Patricia Whitehouse.
   p. cm. -- (Las plantas)
Includes index.
   ISBN 978-1-4329-4188-8 (hardback) -- ISBN 978-1-4329-4193-2 (pbk.)
   1. Roots (Botany)--Juvenile literature. I. Title.
QK644.W48313 2011
581.4'98--dc22
                    2010003156

Acknowledgments
The author and publishers are grateful to the following for permission to reproduce copyright material: Alamy pp. **4** (© Phil Degginger), **6** (© Marek Kasula), **11, 23** (© Grant Heilman Photography), **12** (© Adrian Sherratt), **18** (© Caro); Corbis p. **9** (© Alejandro Ernesto/epa); FLPA pp. **10, 23** (© Nigel Cattlin); Gap Photos pp. **14** (Jonathan Buckley), **17** (Paul Debois); Getty Images pp. **7** (George Grall/National Geographic), **21** (Daniel J Cox/Stone); Photolibrary pp. **13** (J-C&D. Pratt/Photononstop), **16** (Andrea Jones/Fresh Food Images); Science Photo Library pp. **8, 23** (© Dr Jeremy Burgess); Shutterstock pp. **5** (© Malcolm Romain), **15** (© Petr Jilek), **19** (© Monkey Business Images), **20** (© W. Woyke).

Cover photograph of buttress roots in a rainforest in northern Queensland, Australia reproduced with permission of Photolibrary/Oxford Scientific (OSF)/Michael Fogden. Back cover photograph of a cooked carrot reproduced with permission of Shutterstock (© Monkey Business Images), and roots in soil, Shutterstock (© Malcolm Romain).

We would like to thank Louise Spilsbury for her invaluable help in the preparation of this book.

Every effort has been made to contact copyright holders of any material reproduced in this book. Any omissions will be rectified in subsequent printings if notice is given to the publisher.

All the Internet addresses (URLs) given in this book were valid at the time of going to press. However, due to the dynamic nature of the Internet, some addresses may have changed, or sites may have changed or ceased to exist since publication. While the author and Publishers regret any inconvenience this may cause readers, no responsibility for any such changes can be accepted by either the author or the Publishers.

Contenido

Algunas palabras aparecen en negrita, **como éstas**.
Puedes hallarlas en el Glosario de la página 23.

¿Qué partes tiene una planta?

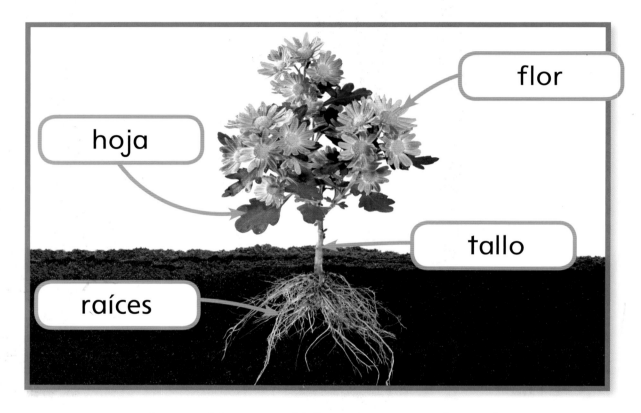

flor

hoja

tallo

raíces

Hay muchos tipos diferentes de plantas.

Todas las plantas están formadas por las mismas partes.

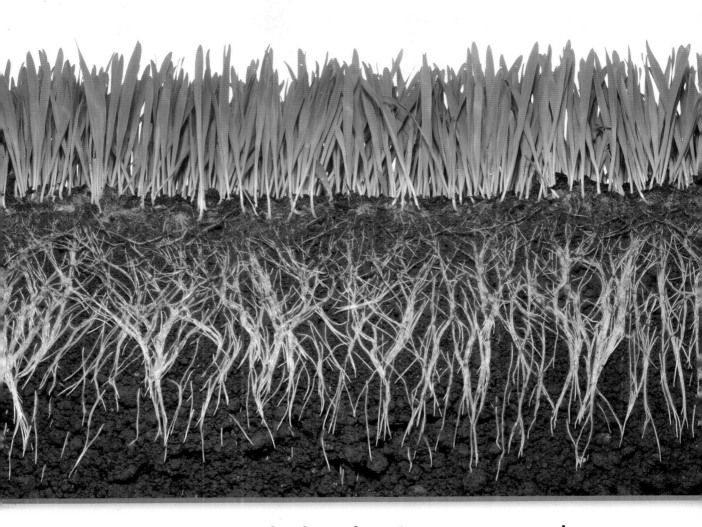

Algunas partes de la planta crecen sobre la tierra, a la luz.

Las raíces crecen bajo la tierra, en el suelo.

¿Qué son las raíces?

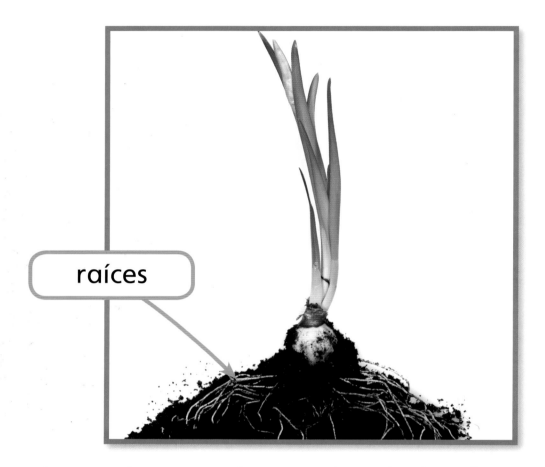

raíces

Las raíces son las partes de la planta que crecen bajo el **tallo**.

Algunas raíces crecen apenas un poco bajo la tierra.

Algunas raíces crecen a gran profundidad bajo la tierra.

Las raíces de los nenúfares crecen en el fondo de estanques y lagos.

¿Por qué tienen raíces las plantas?

pelos

Las plantas necesitan agua para crecer.

Los **pelos de las raíces** absorben el agua que necesitan las plantas.

Las raíces también sostienen las plantas firmemente en el suelo.

Las raíces evitan que los vientos fuertes derriben los árboles.

¿De dónde salen las raíces?

semilla

raíz

Las raíces provienen de las **semillas**.

La raíz es la primera parte de la planta que brota de la semilla.

hoja

tallo

raíz

Las raíces crecen hacia abajo en el suelo.

Luego, crece un tallo hacia arriba, hacia la luz.

¿De qué tamaño son las raíces?

Hay raíces de muchos tamaños.

Estos puerros tienen raíces cortas y delgadas.

Algunas raíces son largas.

Las raíces de los mangles son largas y gruesas.

¿Cuántas raíces puede tener una planta?

Algunas plantas tienen sólo una raíz.

Las plantas de rábanos tienen una raíz gruesa.

Algunas plantas tienen muchas raíces.

Este árbol tiene cientos de raíces largas.

¿De qué color son las raíces?

Las raíces de muchas plantas son blancas, pero hay raíces de diferentes colores.

Las remolachas y los rábanos tienen raíces rojas.

Las zanahorias y los camotes tienen raíces anaranjadas.

¿Para qué usamos las raíces?

Algunas raíces nos sirven de alimento.

A veces comemos zanahorias crudas.

A veces cocinamos las raíces antes de comerlas.

¿Para qué usan las raíces los animales?

Los animales también comen raíces.

Los conejillos de India mastican las raíces con sus dientes afilados.

Algunos animales se refugian entre las raíces de los árboles.

Hacen sus casas en las raíces.

Mide y anota

En esta gráfica de barras se compara la longitud de varias raíces diferentes.

¿Puedes ver cuál de estas plantas tiene la raíz más larga?

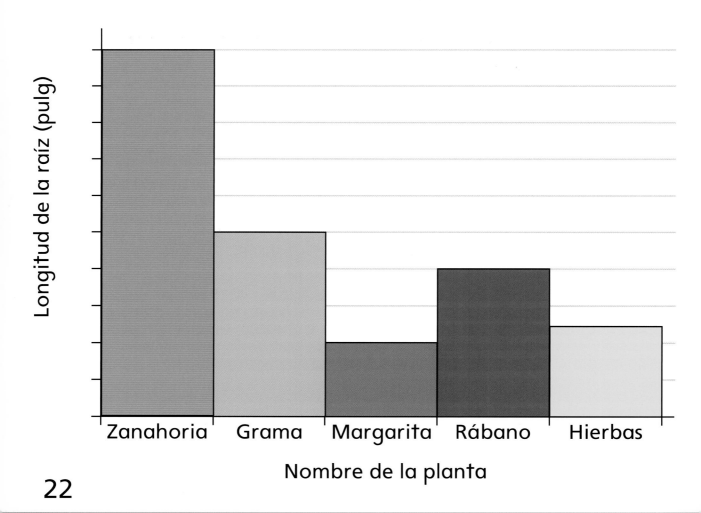

Glosario

 **pelos de raíces** partes tan pequeñas de la raíz que parecen pelos

 **semilla** parte de la planta que produce plantas nuevas

 **tallo** parte de la planta donde crecen las hojas y las flores

Índice